AF363840

15 Janvier 1883

VENTE

Des Lundi 15 et Mardi 16 Janvier 1883

HOTEL DROUOT, SALLE N° 7

à deux heures.

OBJETS DE CURIOSITÉ

ET

D'AMEUBLEMENT

TABLEAUX — TAPISSERIES

EN PARTIE FORMANT

La Collection de feu M. le comte de S***

M° G. BOULLAND	**M. A. BLOCHE**
COMMISSAIRE-PRISEUR	EXPERT
25, rue des Petits-Champs, 25.	44, rue Laffitte, 44.

EXPOSITION PUBLIQUE

Le Dimanche 14 Janvier 1883

De 1 heure 1/2 à 5 heures.

IMPRIMERIE DE L'ART

CATALOGUE

DES

OBJETS DE CURIOSITÉ

Châsse, Triptyques, Diptyques, Plaquettes, Croix, Reliquaires
Auréoles

BYZANTINS ET GRÉCO-RUSSES

Bijoux, Armes, Étoffes, Bronzes, Laques, Sculptures sur bois et sur ivoire
Porcelaines de Chine et du Japon

MEUBLE DE SALON EN TAPISSERIE

ÉPOQUE LOUIS XVI

TABLEAUX

Meubles anciens et de fantaisie, Tapisseries gothiques
Faïences, Services de verrerie et porcelaines

EN PARTIE

FORMANT LA COLLECTION DE M. LE COMTE DE S***

ET DONT LA VENTE AURA LIEU

HOTEL DROUOT, SALLE N° 7

Les Lundi 15 et Mardi 16 Janvier 1883

A DEUX HEURES

Mᵉ G. BOULLAND	**M. A. BLOCHE**
COMMISSAIRE-PRISEUR	EXPERT
26, rue des Petits-Champs.	44, rue Laffitte.

EXPOSITION PUBLIQUE

Le Dimanche 14 Janvier 1883

DE 1 HEURE 1/2 A 5 HEURES

CONDITIONS DE LA VENTE

———

Elle sera faite au comptant.

Les Acquéreurs paieront CINQ POUR CENT en **sus des** enchères.

L'exposition mettant le public à même de se rendre compte de l'état des objets, il ne sera admis aucune réclamation une fois l'adjudication prononcée.

PARIS. — IMPRIMERIE DE L'ART, J. ROUAM, 41, RUE DE LA VICTOIRE.

DÉSIGNATION DES OBJETS

1 — Beau meuble de salon, composé d'un canapé
et huit fauteuils en tapisseries à petits per-
sonnages, draperies et fleurs, bois sculpté
rehaussé de blanc, époque Louis XVI.

2 — Quatre tapisseries gothiques : verdures et
animaux, avec bordures.

3 — Secrétaire Louis XVI, en acajou et cuivre.

4 — Bibliothèque Louis XVI, en acajou et cuivre.

5 — Table à ouvrage, même style.

6 — Fontaine avec son bassin en vieux Chine.

7 — Montre en or émaillé, avec entourage en perles
Louis XVI.

8 — Montre en or.

9 — Très petite montre avec chaine, clé et étui en
or.

10 — Beau meuble à deux corps en bois sculpté
offrant en bas-relief des bustes de person-
nages et des ornements. La partie inférieure
forme à arcades. XVIe siècle.

11 — Beau groupe en bronze : le Gardeur d'Oies,
de *Guibert*.

12 — Deux appliques en bronze doré à cinq lumières.

13 — Deux chenets en cuivre poli, style Louis XIII.

14 — Socle en bois de fer.

15 — Support en bois sculpté.

16 — Cinq plats en faïence.

17 — Quatre appliques pour lampes, bronze poli.

18 — Deux appliques en bois sculpté, style chinois.

19 — Socle en bois chinois.

20 — Deux gourdes en faïence persane.

21 — Pichet en grès.

22 — Potiche de Delft.

23 — Vingt-sept soucoupes, décor bleu sur blanc.

24 — Châsse byzantine, offrant des figures de saints
en relief, en émaux champlevés; sur les
côtés, des figures gravées sur fond émaillé,
et derrière, des médaillons à têtes d'ar-
changes et des emblèmes de la Passion.

25 — Curieux petit cabinet en ivoire et écaille,
incrusté et offrant en bas-relief des groupes
d'animaux. XVIᵉ siècle.

26 — Coffret en bois couvert d'ornements en fer,
découpés à jour. XVIᵉ siècle.

27 — Coffret en scierie blanche brodée à paillettes,
époque Louis XVI.

28 — Grand triptyque renfermant des auréoles en
argent et en cuivre ciselé, repoussé et gravé,
et des ornements sacerdotaux en velours
et en brocart brodé. XVIᵉ siècle.

29 — Beau miroir en ivoire finement sculpté et
découpé à jour. XVIIᵉ siècle.

30 — Grande et belle plaque en cuivre ciselé et
gravé, représentant en bas-relief sur fond
émaillé bleu la Mort de la Vierge, travail
gréco-russe. xve siècle.

31 — Triptyque en cuivre représentant à l'intérieur
les Scènes de la Passion, sculpture sur bois
en douze compartiments. xve siècle, travail
gréco-russe.

32 — Frise en bois sculpté, formée de sept petits
panneaux représentant le Christ et les
Apôtres. xive siècle, travail gréco-russe.

33 — Triptyque en bois sculpté représentant les
Scènes de la Vie du Christ en onze compartiments. xvie siècle.

34 — Sept bas-reliefs sur bois, sujets religieux du
xve siècle.

35 — Cinq croix en bois sculpté et orné d'applica-
tions de cuivre à sujets allégoriques. xvi^e
siècle.

36 — Plateau en cuivre émaillé et gravé, forme à
contours. xviie siècle.

37 — Beau triptyque en bois sculpté, représentant
en trente-deux compartiments des scènes
de la Passion et des figures d'Apôtres.
XVIe siècle.

38 — Petit plateau en cuivre incrusté d'argent sur
fond verni. XVIIe siècle.

39 — Petit plateau carré, travail analogue.

40 — Petit plateau en cuivre émaillé à fond bleu.
Louis XIV.

41 — Christ en émail byzantin, fond champlevé.
XIVe siècle.

42 — Christ en ivoire sur encadrement à fond de
velours rouge.

43 — Jolie psyché en ivoire finement sculpté et
découpé à jour. XVIIe siècle.

44 — Petite croix en ivoire offrant en bas-relief sur
les deux faces douze scènes de la Vie du
Christ. XVe siècle.

45 — Deux triptyques en cuivre ciselé et émaillé,
travail gréco-russe.

46 — Croix en bois avec Christ en émail byzantin
champlevé sur cuivre.

47 — Douze croix diverses en bois sculpté, en
cuivre et en nacre. XVIe et XVIIe siècles.

48 — Jolie plaque en cuivre ciselé et gravé, fond
émaillé, représentant des scènes allégoriques de la vie du Christ, et, au fronton,
des têtes de chérubins. Travail gréco-russe
du XVIe siècle.

49 — Baiser de paix en cuivre, fond émaillé bleu
offrant en bas-relief la Vierge et l'Enfant
entourés des symboles de la Passion. Travail gréco-russe du XVIe siècle.

50 — Vingt-six pièces : croix, plaquettes et médaillons en cuivre gravé et émaillé. Travail
gréco-russe et ancien.

51 — Fragment de plaquette en cuivre découpé
représentant Saint Georges. XVe siècle.

52 — Médaillon représentant le Christ sculpté sur
ambre, monture argent. XVIe siècle.

53 — Douze petites croix en cuivre, partie émaillées
et ciselées, travail gréco-russe et ancien.

54 — Reliquaire forme cercueil, en marqueterie de bois.

55 — Petit diptyque en cuivre ciselé, cadre en bois; représente, d'un côté : un *Ecce homo*, de l'autre : un Apôtre et des saints. XVIe siècle.

56 — Plateau en cuivre émaillé noir avec figures et rosaces réservées et gravées, Louis XIV.

57 — Onze plaquettes en cuivre à sujets religieux. XVIe siècle.

58 — Coffret octogone, dessin à arcades et fleurs en application de nacre et d'écaille. XVIIe siècle.

59 — Trois plaques, bois et cuivre. XVIIe siècle.

60 — Œuf de Pâques russe décoré de sujets allégoriques, intérieur à fond d'or avec inscriptions.

61 — Dix-neuf pièces : plaquettes, figures, diptyque et triptyques en cuivre, à sujets religieux.

62 — Vingt-six pièces : plaquettes et croix analogues.

63-68 — Vingt-quatre croix et reliquaires en cuivre partie émaillée, travail gréco-russe.

69-74 — Vingt auréoles en cuivre émaillé et repercé
à jour.

75 — Six plaques en émail. XVIᵉ siècle.

76 — Deux frises en cuivre émaillé. XVIᵉ siècle.

78 — Belle croix processionnelle d'aspect monumen-
tal en cuivre, partie émaillée offrant au centre
le Christ en croix entouré des apôtres et des
saints et autour dix-sept scènes de la Passion
disposées par compartiments et couronnant
le fronton, travail gréco-russe du XVIᵉ siècle.

79-80 — Six triptyques en cuivre ciselé et gravé, dont
un rehaussé d'émaux. XVIᵉ siècle.

81 — Trois diptyques, même travail.

82-85 — Vingt-deux plaquettes en cuivre ciselé et
émaillé à sujets religieux.

86 — Plaque en bronze : le Christ entouré des saintes
femmes.

87-92 — Soixante-quinze croix en cuivre ciselé et
émaillé.

93 — Onze pièces en broderie, auréoles et ornements
sacerdotaux.

94 — Panneau composé de broderies et de guipures.

95-99 — Cinq chaines d'ordres en argent doré.
xvi" siècle.

100-110 — Vingt-huit paires de boucles d'oreilles et
pendants de divers modèles en argent doré.
et en cuivre enrichies de pierrerie.

111 — Trois pièces : pendentifs et croix analogues.

112 — Lot de boutons en argent et cuivre.

113 — Cabinet octogone en ivoire verdi. xvii" siècle.

114 — Flambeau en cuivre, partie émaillée.

115 — Flambeau argenté Louis XVI.

116 — Fontaine avec bassin en faïence, décor bleu
sur blanc.

117 — Coiffes et bonnets russes en broderie.

118 — Paire de candélabres formés de figurines en
porcelaine du Japon montés de bouquets de
lis en bronze doré.

119-121 — Trois tabourets orientaux.

122 — Jolie table en bois sculpté et doré, dessus en soierie brochée, style Louis XVI.

123 — Bureau de dame, en laque rouge à fleurs.

124 — Petite vitrine d'applique analogue.

125 — Plusieurs plateaux en faïence de formes variées.

126 — Joli petit guéridon en laque de Perse.

127 — Deux girandoles en bronze garnies de cristaux surmontées de couronnes.

128 — Service à dessert en porcelaine de Sèvres moderne fond bleu turquoise à scènes champêtres.

129 — Grand groupe de Saxe moderne : le Triomphe de Vénus.

130 — Deux autres groupes, sujets champêtres.

131 — Coffret en écaille et nacre.

132 — Deux flambeaux en bronze japonais : cigognes sur tortues.

133 — Services de verrerie.

134 — Services de porcelaine et de faïence.

135 — Boîtes en laque du Japon.

136 — Beau sabre à lame courbe de Damas. et fourreau en argent ciselé enrichi de turquoises, avec son ceinturon.

137 — Parapluie et quatre cannes à pommes émaillées.

138 — Sabretache en cuir brodé.

139 — Étoffes diverses, broderies anciennes.

140 — Boîte à mouchoirs en laque, couvercle en bois de fer sculpté.

141 — Divinité japonaise assise.

142 — Le Dieu de la Longévité. travail japonais.

143 — Coffret en fer damasquiné d'or, travail persan.

144 — Bol en porcelaine de Chine feuille verte.

145 — Deux coffrets en laque du Japon.

146 — Deux grands plats en porcelaine du Japon.

147 — Paire de grandes vasques en porcelaine de Chine.

148 — Vase de Nagasaki, joli décor.

149 — Petite boîte en laque avec dessus en émail cloisonné.

150 — Petite coupe de vieux Chine.

151 — Autre coupe plus grande.

152 — Bol en vieux Chine vert.

153 — Paire de grands vases de Chine vert et or.

154 — Deux salières en filigrane d'argent.

155 — Boîte à thé à deux compartiments en laque du Japon.

156 — Assiette de Chine, feuille verte.

157 — Objets divers.

TABLEAUX — DESSINS

LEYS

(Attribué à)

158 — La Cage à lapins.

GRANET

159 — Intérieur de monastère.

ÉCOLE DU XVe SIÈCLE

160 — Feuille de missel avec miniatures.

JULES NOEL

161 — Tréport.

Dessin.

162 — Tréport.

Dessin.

GÉRICAULT

(Genre de)

163 — Chevaux à l'écurie.

ÉCOLE ALLEMANDE

164-165 — Portrait de gentilhomme et de dame de qualité.

ÉCOLE FLAMANDE

166 — Personnage en colère.

VAN GOYEN

(Attribué à)

167 — Barques chargées de soldats sur le grand canal.

DESHAIS

168 — La Cuisinière.

169 — La Blanchisseuse.

ÉCOLE FRANÇAISE

170 — Fête champêtre.

171 — Portrait d'homme Louis XIV.

CHARDIN

172 — Portrait d'une douairière.

ÉCOLES DIVERSES

173 — Tableaux et dessins.

ÉCOLES CHINOISES

174 — Plusieurs tableaux.

175 — Gravures photographiées.